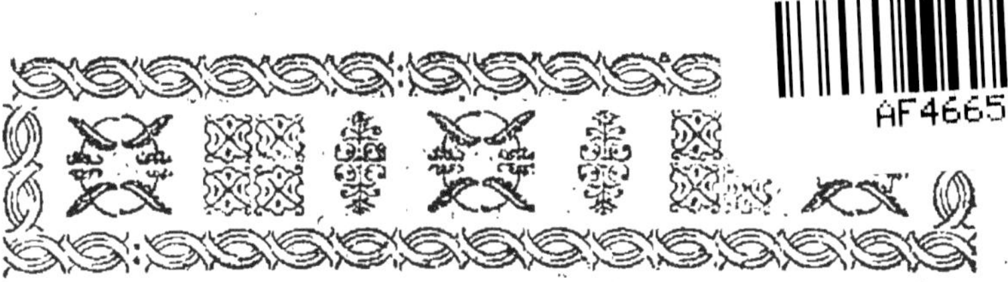

LE CONFIDENT HEUREUX.

SCENE PREMIERE.

Mde SIMON, CORINNE.

Mde SIMON.

AIR. *Allarmez-vous je ne m'en soucie guère.*

MONSIEUR Pillart ne sçachant riche Veuve,
Depuis longtems m'avoit offert sa main,
Vous le cédant, je vous donne une preuve
De ma bonté. Pourquoi cet air chagrin?

CORINNE.

AIR. *Non je n'y puis consentir.*

Non je n'y puis consentir,
Ah! si je vous suis un peu chére;
Daignez ne jamais m'unir
Qu'à celui qui paroîtra me plaire,
Non, je n'y puis consentir,

De grace, écoutez-moi ma mere,
En me forçant d'obéir,
Vous m'exposez à vous trahir.

Mde SIMON.

AIR. *Le premier du mois de Janvier.*

C'est pour vous un fort grand honneur
Que d'épouser un Receveur.
Ses moyens surpassent les vôtres,

CORINNE.

L'époux qui brusque notre choix
Servoit, malgré nous quelquefois,
Accompagné de plusieurs autres.

Mde SIMON.

AIR. *Du Prevôt des Marchands.*

Votre sagesse est un garant,

CORINNE.

Oui, ma sagesse en ce moment
Paroît à l'abri du naufrage;
Mais en gênant nos goûts, hélas!
On fait d'une fille fort sage
Une femme qui ne l'est pas.

Mde

LE CONFIDENT HEUREUX,

OPERA-COMIQUE

EN UN ACTE.

Par M. VADÉ.

Représenté, pour la premiere fois, sur le Théâtre de l'Opéra-Comique le 21 Juillet 1755.

A LA HAYE,
Chez PIERRE GOSSE, Junior,
Libraire de S. A. R.
M. DCC. LIX.

ACTEURS.

Madame SIMON, Mere de Corinne. *Mlle Villiers.*

CORINNE, Fille de Madame Simon. *Mlle Baptiste.*

M. PILLART. *M. Delisle.*

MIRTIL, Berger, Amant de Corinne. *M. Deschamps*

LISETTE, Amante de Lubin. *Mlle Desuperville.*

LUBIN, Paysan amoureux de Corinne. *M. Paran.*

UN NOTAIRE.

La Scene est dans un Village.

Mde SIMON.

AIR. *L'Amour eſt de tout âge.*

Lubin vous tient ſans doute au cœur,

CORINNE.

Point du tout,

Mde SIMON.

A quoi bon ce trouble,
Pour moi Mirtil eſt mon vainqueur,
En l'avouant mon feu redouble.

CORINNE *émuê.*

Vous aimez le jeune Mirtil,
Après un auſſi long veuvage,

Mde SIMON.

Bon ! en amour l'âge y fait-il ?
L'amour eſt de tout âge.

CORINNE.

AIR. *On fait ce qu'on peut.*

Lorſque votre cœur s'abandonne
A l'amour que vous reſſentez
Votre rigueur, Maman, me donne
Des conſeils que vous rejettez.

Mde SIMON.

C'eſt qu'une mere de famille
Peut faire en tout ſes volontés,
Et vous qui m'impatientés,
Apprenez que quand on eſt fille
On fait ce qu'on peut,
Et non ce qu'on veut

AIR. *Sans le ſçavoir.*

Monſieur-Pillart m'attend pour cauſe
A l'accepter qu'on ſe diſpoſe
Quant à Lubin nous allons voir,
Oui, je vais défendre à ce drôle
De nourrir ainſi votre eſpoir.

Elle ſort.

SCENE II.

CORINNE *ſeule achevant l'air.*

LUbin va donc joüer ce rôle,
Sans le ſçavoir.

AIR. *Menuet de Grandval.*

Hélas ! c'eſt Mirtil que j'adore,
Comment lui déclarer mon feu.
S'il m'aime auſſi mon cœur l'ignore,
Je deſire, & crains ſon aveu.

AIR,

AIR. *L'Amour m'a fait la peinture.*

Si l'amour étoit un crime,
Paroîtroit-il si charmant,
Ah! qu'un penchant légitime,
Qui prend conseil de l'estime,
A bien l'air du sentiment.

SCENE III.

CORINNE, LISETTE.

CORINNE.

AIR. *Nous sommes Précepteurs.*

LIsette vient de ce côté,
Son enjoûment la rend heureuse,
O Dieux, que n'ai je sa gaïté!

LISETTE.

Hé mais, te voilà bien rêveuse?

CORINNE.

AIR. *C'est un Enfant.*

Rêveuse! oh tu te l'imagine,
A quoi vois-tu cela? tu ri,

LISETTE.

Tiens, ton cœur ma pauvre Corinne
Eſt occupé d'un Favori,

CORINNE.

Je ſuis jeune encore,
Et même j'ignore,
Le prix d'un tendre engagement,

LISETTE.

Tu fais l'enfant. *bis.*

CORINNE.

AIR. *L'Equipage.*

Tiens Liſette
L'état de filette
Sçait trop m'arranger,
Pour vouloir le changer,
Sans myſtére
A tous on peut plaire,
Et chaque moment
Nous découvre un amant.

LISETTE.

AIR. *Ton petit minois ſans défaut.*

Il eſt vrai cet amuſement
Vaut mieux que le mariage,
Mais un Epoux doit cependant

Ter-

Terminer ce badinage
Parmi tes prétendans
Dans
Ce voisinage . . . .

CORINNE.

Pillart ce vieux barbon,

LISETTE.

Bon !

CORINNE.

Est mon partage.

AIR. *La queuë du chat.*

On diroit qu'il fait toujours la mouë,
L'Haleine lui manque à chaque instant,
S'il la reprend il enfle la jouë,
Et ne parle point qu'il ne tousse en parlant.

LISETTE.

A ta place, je l'enverrois paître,
Par ton refus, crois moi, fais connoitre
Que ce traître
Espere être.
De ton cœur en vain le maitre.

CORINNE.

AIR. *De tous les Capucins.*

Maman croit que Lubin me touche,

LISETTE.

Mais tu peux lui fermer la bouche:
Apprends lui mes droits ſur ſon cœur,

CORINNE.

Ce qui plus encor me déſole,
C'eſt que pour le vieux Reçeveur
Mirtil m'adreſſe la parole.

LISETTE.

AIR. *Entre l'Amour & la Raiſon.*

Mirtil eſt donc ſon confident,

CORINNE.

Hélas!

LISETTE.

Cet hélas eſt prudent,

CORINNE.

Pourquoi donc?

LISETTE.

Tien, c'eſt que tu l'aime,
Et lorſque Mirtil paroit,
Ton petit cœur déſireroit,
Qu'il parlât plutôt pour lui-même.

CORINNE.

AIR' *Pourvû que Colin voyez-vous.*

Ah quelle erreur !

SCENE IV.

MIRTIL, CORINNE, LISETTE.

LISETTE.

IL vient a nous,
Ah ! Monſieur l'Interprête,
Paroiſſez donc.... qu'il a l'air doux,
La friponne rougit voyez-vous,
Quel embarras !

CORINNE.

Finiſſez Liſette,

LISETTE.

Mais, mais, qu'elle eſt diſcréte ?

MAR-

MIRTIL.

AIR. *A la façon de Barbari.*

Votre amant s'en rapporte à moi
Pour le plus tendre hommage.

LISETTE.

D'un Berger? eſt-ce là l'emploi,

MIRTIL.

Que j'aime ce meſſage,

LISETTE.

A Paris le rôle eſt fort bon,
La faridondaine, la faridondon,
Et fait un grand honneur auſſi
Beribi,
A la façon de Barbari
Mon ami.

MIRTIL.

AIR. *Au milieu du Cours.*

Qu'importe à quel prix
Je faſſe éclater mon zéle,
Pourvû qu'une belle
M'accorde un ſouris,
Servir la beauté
C'eſt obliger l'amour même.

Co-

CORINNE.

Oh ! c'eſt à l'extrême
Pouſſer la bonté,
Mais aſſurément
Rien n'eſt plus galant
De cet empreſſement,
La cauſe eſt aſſez biſarre,
Vouloir qu'en ce jour
Pour un vieillard je me déclare,
En une façon rare,
De faire ſa cour,
De grace ceſſez,
Un ſoin qui me déſeſpére.

MIRTIL.

Vous m'êtes plus chére
Que vous ne penſez.

CORINNE.

Expliquez ces mots.

MIRTIL.

Je craindrois de vous déplaire;

CORINNE.

C'eſt ſçavoir ſe taire
Fort mal à propos.

PILLART.

Oui, mais rester muettes
Est un point différent,
L'exciter par des fornettes
N'est point du tout mon talent,

LISETTE.

Vous comptez mieux de l'argent
Que des fleurettes.

PILLART.

AIR. *Le seul flageolet de Colin.*

N'est-ce pas que cela vaut mieux?

LISETTE.

C'est un grand mérite,

PILLART.

Oui l'or quoiqu'on soit un peu vieux
Mène a la réussite,

CORINNE.

Au but un jeune cœur amoureux,
Arrive bien plus vite.

MIR-

MIRTIL.

AIR. *Quand on parle de Lucifer.*

Monſieur n'a pas le front couvert
Des agrémens du bel âge,
Malgré qu'il ſoit dans ſon hyver,

PILLART.

Mirtil, laiſſons ce langage,
Dis-lui plutôt que je ſuis encor vert,

CORINNE.

Oui comme un arbre ſans feuîllage.

PILLART.

AIR. *Et j'y pris bien du plaiſir.*

Que parler-tu de feuillage,

LISETTE.

Elle aime beaucoup les bois ;

MIRTIL.

Et s'amuſe ſous l'ombrage
A faire briller ſa voix.

PILLART.

De ce qu'une Bergere aime

Je ſçais mal l'entretenir,
Entretiens-la pour moi-même,
J'y prendrai bien du plaiſir.

AIR. *Sçavez-vous bien, jeune tendron.*

Je me pique beaucoup d'aimer,
Mais comme il ſçait ce que je penſe,
Il va par moi te l'exprimer
à Mirtil.
Comte ſur une récompenſe.

MIRTIL.

Lui plaire pour vous me ſuffit,

PILLART.

Surtout mets-y beaucoup d'eſprit,

LISETTE.

Quoi de l'eſprit,
Bon, bon, l'eſprit,
En amour ne ſçait ce qu'il dit.

MIRTIL.

AIR. *L'autre jour étant aſſis.*

L'eſprit ne fait qu'éblouir,
Souvent ſon art eſt de feindre,
C'eſt le cœur qui ſçait ſentir,
Et c'eſt le cœur qui doit peindre,
Quand je dis tendrement
Que Corinne m'enflamme,

Je parle simplement
Le langage de l'ame.

P I L L A R T.

AIR. *Dormir est un tems perdu.*

Oui, voilà ce que je sens,
Bon ! elle soupire,
Tu trouves donc cet encens
Digne du feu qui m'inspire.

C O R I N N E.

On vous reconnoit bien là.

P I L L A R T.

Poursuis bientôt me voilà
Au bonheur où j'aspire.

AIR. *Ne vla-t-il pas que j'aime.*

Ecoute-le, ma chére enfant,
Il parle pour moi-même,

C O R I N N E.

Il me regarde seulement,
Ne vla-t-il pas que j'aime?

AIR. *C'est ce qui vous enrhume.*

PILLART *toussant.*

Mirtil, c'est assez
Vous me ravissez,

LISETTE.

Ah! Monsieur comme vous toussez,

PILLART.

C'est assez ma coûtume.
Ton charmant aveu. . . .

CORINNE.

Vous prouve mon feu,
C'est ce qui vous enrhume.

PILLART.

AIR. *Ah le bel oiseau.*

Va cela ne sera rien,
Hé puis ma joye en est cause,
Ne n'enflamme plus, car tien,
J'en mourrois. . . .

CORINNE.

La bonne chose;
Que vous me faites plaisir.

S

Sur cela je me repose,
Que vous me faites plaisir
D'aimer au point d'en mourir.

PILLART.

AIR. *Des Proverbes.*

Mais, mais tu prends les choses à la lettre,

MIRTIL.

On ne meurt point pour être trop épris,

CORINNE.

Il l'a promis & je veux lui promettre
De l'aimer beaucoup à ce prix.

PILLART.

AIR. *N'oubliez pas votre houlette.*

Honorez-moi de votre haine
Ma Reine,
Car je veux vivre encor.

CORINNE.

Songez que par ce beau transport
Vous verriez finir votre peine.

PILLART.

Honorez-moi de votre haine

Ma Reine,
Car je veux vivre encor.

LISETTE.

AIR. *Et voilà comme l'homme.*

ſoyez ſoumis.

PILLART.

L'être à ce point
Par ma foi ne vous convient point,

CORINNE.

Vous n'avez point de complaiſance,

LISETTE.

On aime peu quand on balance,

PILLART.

Parbleu j'ai tort aſſurément,

CORINNE & LISETTE.

Et voilà comme
L'homme
N'eſt jamais contens

PILLART.

AIR. *Vous me l'avez dit.*

Qu'aujourd'hui ton cœur eſt fier,

LISETTE.

Il étoit de même hier,
Demain comme en ce moment
Je vous le prédis, ſouvenez-vous-en,

CORINNE.

Dans ſix mois, & dans un an,
Vous en recevrez autant.

Elles ſortent.

SCENE VI.

PILLART, MIRTIL.

PILLART.

AIR. *Dans le fond d'une Ecurie.*

QUe dis-tu de ſa réponſe?

MIRTIL.

Mais je ne la conçois pas,

PILLART.

Qu'elle garde ſes appas,
A pareil prix j'y renonce. . . .

AIR. *Allons donc, jouez, violons.*

Voici fort à propos ſa mere....

SCENE VII.

PILLART, MIRTIL, Mde SIMON.

Mde SIMON.

Suite de l'Air.

VOus paroissez bien en colere,

PILLART.

Morbleu, j'ai lieu de l'être aussi,

Mde. SIMON.

Expliquez-moi donc ce mystére,

PILLART.

En deux mots cela se peut faire,
Vous aimez Mirtil ?

Mde SIMON.

Hé bien oui,

PILLART.

S'il ne veut pas vous aimer lui,
Et qu'à vos vœux il ne réponde,
Qu'en partant vous pour l'autre monde.

Mde,

Mde SIMON.

Comment?

PILLART.

Corinne...

Mde SIMON.

Achevez donc.

PILLART.

M'aimeà cette condition.

Mde SIMON.

AIR. *Que chacun de nous se livre.*

Quoi donc ceci vous arrête,

PILLART.

A votre avis n'est-ce rien,

Mde SIMON.

Je vous jure sur ma tête
De former votre lien.
Joignez la sans plus attendre,

PILLART.

A condition pourtant

Que si je suis votre gendre
Ce sera dès mon vivant.

Il sort.

SCENE VIII.

MIRTIL, Mde SIMON.

Mde SIMON.

AIR. *Mariez, mariez-moi.*

C'Est ce butor de Lubin
Qui sans doute nous arrête,
Nous verrons.... Mirtil, enfin
Nous voilà donc tête-à-tête,
Parle-moi,
Conte-moi,
Aime-moi,
Quoi !
Quel air ?

MIRTIL.

Le respect m'arrête,

Mde SIMON.

Mais avec
Le respect
L'amour sied bien,

MIR-

MIRTIL.

Je dois vous cacher le mien.

Mde SIMON.

AIR. *La mort de mon cher pere.*

Ce timide langage
Prévient en ta faveur.

MIRTIL.

Madame . . . .

Mde SIMON.

Hê bien,

MIRTIL *à part.*

J'enrage,

Haut. Quel l'inſtant pour mon cœur!

Mde SIMON.

Je vois briller ta flamme
Dans ce regard touchant.

MIRTIL.

Oui, j'ai pour vous Madame
Un terrible penchant.

Mde

Mde SIMON.

AIR *Le joli jeu d'amour.*

Je perds tout ſentiment,
Et cet aveu charmant
Me coupe en ce moment
La parole,
Oui la paſſion,
M'ôte enfin l'expreſſion,
Dieux, quelle union!

MIRTIL.

Elle eſt folle.

Mde SIMON.

Mon ſilence, crois moi,
Part de ma bonne foi,
Le plaiſir d'être à toi.

MIRTIL *à part.*

Me déſole.

Mde SIMON.

AIR. *Jupin dès le matin.*

Malgré tout mon effort
Mon tendre tranſport
Se trouve le plus fort.
On ne peut
Dire comme on veut

Tuot

Tont ce que l'on ſent
Dans un ſi doux inſtant.
Je me tais ſans regret,
 Car en effet
L'amour le plus parfait
 Reſte muet,
En pareil cas l'eſprit
 Eſt interdit,
Le cœur qui ſe ſent troubler
 Ne peut parler,
Le ſilence ſouvent
 Eſt éloquent,
J'aime donc mieux plutôt
 Ne dire mot,

MIRTIL *impatiente.*

Son diſcours finira
Quand la parole lui reviendra.

AIR. *Nous ſommes Précepteurs.*

à part. Si c'eſt à force de caquet
Qu'on prouve que l'on ſçait ſe taire,
Haut. Vous brûlez d'un feu bien diſcret.

Mde SIMON.

Tu devines donc le myſtére.

AIR. *Du Ballet des Pierrots.*

Voilà comme j'aime un amant
 Dont le cœur tendre
 Sçait d'abord comprendre
Q'on l'adore ſincérement.

MIR-

MIRTIL *avec dépit.*

J'attends la fin de mon tourment.

Mde SIMON.

Je ne te ferai plus attendre
Par le mien je juge ton embarras,

MIRTIL. *excédé.*

Tant d'amitié ne cessera donc pas,

Mde SIMON.

Ah, ah,
Je t'aime trop pour ça.

MIRTIL *chagrin.*

AIR. *Des Pendus.*

Non cela n'est fait que pour moi,

Mde SIMON.

Sans doute, & mon cœur est à toi,
Le tien, mon cher, est tout de braise,

MIRTIL. *tristement.*

Oh oui, je ne me sens pas d'aise,

Mde

Mde SIMON.

Quel entretien, qu'il eſt charmant !

MIRTIL *bâillant.*

Rien pour moi n'eſt plus amuſant.

AIR. *Tu croyois en aimant Colette.*

Si quelqu'un arrivoit....

Mde SIMON.

Qu'importe,

MIRTIL.

Madame, il m'importe beaucoup, Lubin vient....

Mde SIMON.

Le Diable l'emporte.

MIRTIL.

Je l'échappe bien pour le coup.

SCE-

SCENE IX.

LUBIN, MIRTIL, Mde SIMON.

LUBIN.

AIR. *Servantes, quittez vos paniers.*

LA fille à Madame Simon
Eſt morgué bien gentille,
Ses yeux friands, ſon air fripon
Méritent bien un bon Luron,
La fille à Madame Simon
Eſt morgué bien gentille.

AIR. *De Nina.*

Mde SIMON.

Oui, mais, mon cher ami, crois-moi,
Elle n'eſt pas pour toi,

LUBIN.

Quoi!

Mde SIMON.

Je t'ai dit mon intention,
Cherche ailleurs mon garçon,

LU-

LUBIN.

Bon!

Cherche-t-on ce qu'on a trouvé?

Mde SIMON.

De moi Pillart eſt approuvé,
Et pour finir
Je vais l'unir,

LUBIN.

Oh! ça n's'ra pas,

Mde SIMON.

Tu verras,
Vas.

AIR. *Palſangué M. le Curé.*

Sans adieu, mon cher petit cœur,
Je cours finir cette affaire,
Enſuite Hymen te rendra mon vainqueur.

Elle ſort.

LUBIN *à Mirtil.*

Quoi vous s'rez donc not' biaupere.

SCENE X.

LUBIN, MIRTIL.

MIRTIL.

AIR. *C'a n'se prend pas.*

LUbin aimoit Corinne aussi,

LUBIN.

Morgue nenni,
Mais chez nous tantôt sa mere
M'a dit que j'étions bien hardi
De sçavoir si fort lui plaire,
Et que j'grillois pour ses appas,
J'n'y pensois pas. *bis.*

AIR. *Par ma foi l'eau me vient à la bouche.*

Mais jarni puisque ça se rencontre
J'allons bien y penser à présent,
C'est qu'pour peu qu'une fille nous montre
Qu'elle a pour nous quelque brin de penchant,
Je n'allons jamais à l'encontre
Du plaisir que son cœur y prend,
J'voyons l'but & j'approchons tout contre,
Et vla but où Corinne m'attend.

MIR-

MIRTIL.

AIR. *Ton humeur est, Catherine.*

Vous abandonnez Lisette,

LUBIN.

Non, mais all' n'veut pas finir,
Corinne qu'est plus drôlette
En d'sous main me fait prév'nir.
Tenez-moi, j'aime un' tendresse
Qui vadroit de point en point,
Et puis qui n'a qu'un' maîtresse
Comme vous sçavez n'en a point.

AIR. *Le tout par nature.*

Par ainsi Monsieur Mirtil
Vous qu'avez un doux babil,
Si vous vouliez un tantet
M'faire valoir près d'Corinne.

MIRTIL.

Pourquoi cela ?

LUBIN.

C'est qu'elle est
Pour moi par trop fine.

MIRTIL.

AIR. *Les cœurs ſe donnent troc pour troc.*

à part. Bon ! je pourrai par ce moyen
Achever de peindre ma flamme,

LUBIN.

Fait's-moi s'plaiſir.

MIRTIL.

Je le veux bien.

LUBIN.

Ah ! qu'vous avez une belle ame.

MIRTIL.

AIR. *Je ferai mon devoir.*

Vous pouvez toujours commencer,

LUBIN.

Ma foi c'eſt bien penſer,

MIRTIL.

Je m'intéreſſe à ſon ardeur,

LUBIN.

Voyez qu'il a bon cœur,

SC

SCENE XI.

CORINNE, MIRTIL, LUBIN.

LUBIN.

AIR. *C'est dans la rûe d' la Mortell'rie.*

NE vla-t-il pas qu'alle vient a nous,
Bonjour la Brunette aux yeux doux,
On dit comm'ça que j'sens pour vous
Et qu'vous vous sentez d'même. . . .
Qu'vous m'aimez. . . . &. que j'vous aime.

CORINNE.

AIR. *Reçevez donc ce biau Bouquet.*

Qui vous a donc si bien instruit,

LUBIN.

Madame Simon votre mere.
Jarnombille vous avez conduit
Gentiment le nœud de l'affaire,
Ca s'appelle avoir de l'esprit . . .
Qu'est ben capable. . . d'être digne,
à Mirtil. Aidez-moi donc...

MIRTIL.

C'eſt fort bien dit,

LUBIN.

Elle rit,
C'eſt marque d'un bon ſigne.

AIR. *Que de gentilles Pélerines.*

Vous ſçaurez donc que j'ſuis tout d'braiſe,

CORINNE.

En vérité j'en ſuis fort aiſe,

LUBIN.

Jarnigoi vous n'êtes pas gnaiſe
D'être ſi contente de ça,
Bâillez-moi vot' main que j'la baiſe,

CORINNE *lui donnant un ſoufflet.*

Ah! c'eſt trop juſte, la voilà.

LUBIN.

AIR. *S'y prend-on de cette façon.*

Morgué vous m'caſſez le menton,
S'y prend-on de cette façon,

Moi

Moi j'viens tout bonnement aud'vant des avances que vous me faites faire, & parce que sans barguigner, je vais tout de gaud au fait comme ça s'pratique entre fille & garçon, vous prenez ça à l'arbours.

CORINNE.

Et mon pauvre nigaud pour plaire
S'y prend-on de cette façon.

LUBIN.

Hé bien, mais comment s'y prend on.

CORINNE.

AIR. *Menuet de Grandval.*

Quand brusquement l'amour éclate,
Il s'en faut bien qu'on soit vainqueur,
C'est une flamme délicate,
Qui seule a droit d'aller au cœur.

LUBIN.

AIR. *Que j'aime mon cher Arlequin.*

Qui moi délicat? non morgué,
Je suis robuste,
Monsieur Pillart vous f'roit pitié.
Car il n'est en cas d'l'amitié
Au prix d'moi qu'un arbuste.
Moi délicat, non fatigué.

CORINNE.

La réponse est fort juste.

MIRTIL.

AIR. *Aucun Pasteur.*

Mais il n'est pas question de corsage,
Le sentiment pour plaire est plus certain,

LUBIN.

Et oui, mais je n'suis pas l'vé d'assez matin
Pour être comme vous un malicieux malin,
Aidez-moi d'vot' langage.

MIRTIL.

Soit, si Corinne approuve ce dessein.

CORINNE.

Je ferai de bon cœur la moitié du chemin.

LUBIN.

AIR. *Par bonheur ou par malheur.*

Sarpejeu qu'm'vla content,
Ah qu'vous êtes un bon enfant,
Morguenne qu'il est serviable.

MIRTIL.

Je ſers mes vœux en cela,

LUBIN.

Vous obligerez un bon diable,
Hé ben contez-li donc ça.

AIR. *Ah qu'elle eſt belle.*

MIRTIL.

Je vous adore,
Et mon amour
Voudroit encore
Croître chaque jour.

LUBIN.

Oui par ma foi, je voudrois avoir encore plus de pouvoir dans la volonté de mon deſir, dites, dites toujours.

MIRTIL.

Mais qui vous aime
Aime ſi bien,
Que l'Amour même
N'ajouteroit rien.

LUBIN.

Comme vous devinez ça, il ſemble pardi qu'ma penſée ſe fourre dans ſa bouche, je fournie l'étoffe & vous la façon, qu'ça n'vous empêche pas d'alle votretrain.

MIRTIL.

Je vous adore.
Et mon amour
Voudroit encore
Croître chaque jour.

LUBIN.

AIR. *Vive un bon Luron.*

Après s'biau dicton
F'rez-vous l'inhumaine,
Vos yeux disent que non,
Courage ma p'tite Reine,
Bon,
La fariradondaine
O gué,
La fariradondé.

CORINNE.

AIR. *Me promenant dans la plaine.*

Ou bien voyez le second Air noté.

A l'Amour tout est possible,
On se rend quand il lui plaît,
Il est doux d'être sensible
Pour un jeune amant qui l'est,
Oui je pense qu'à se rendre
On rencontre mille appas;

Ah!

Ah! s'il cherchoit à me surprendre,
Non, non, non, je n'y consentirois pas,
Mais s'il étoit sincere & tendre,
Non, non, non, non, je ne m'en défendrois pas.

LUBIN.

AIR. *Hé, Madame, qu'attendez-vous.*

Vla morgué parler comme il faut.
Ca rend mon cœur encor plus chaud,
Vla morgué parler comme il faut,
St'enfant-là ne sçait pas ce qu'all'vauts.

MIRTIL.

Peut-on lorsque l'on est aussi belle
Craindre qu'un amant soit infidèle,
Qui suit une fois
Vos charmantes loix,
Veut employer ses jours
A les suivre toujours.

LUBIN.

Vla morgué parler comme il faut,
Ca rend mon cœur encor plus chaud,
Vla morgué parler comme il faut,
à Mirtil. Achevez, & je la t'nons bientôt.

MIRTIL.

Caractère
Fait pour plaire,
Douce, vive
Et naïve,

La

La figure, l'esprit & le cœur,
Sont-ils faits pour trouver un vainqueur.

LUBIN.

Vla morgué parler comme il faut,
à Corinne. Ca doit rendr' vot' cœur bien plus chaud,
Vla morgué parler comme il faut,
à part. S'garçon-là ne sçait pas ce qu'il vaut.

AIR. *Qui voit la belle Alcimadure.*

CORINNE.

Vous écouter c'est vous promettre
Plus que je ne voudrois,
Vous regarder, c'est vous promettre
Plus que je ne devrois.

MIRTIL *se jettant aux genoux de Corinne.*

AIR. *L'autre jour à la promenade.*

Ah! Corinne, qu'elle victoire,

LUBIN.

C'est ma foi vrai, mais je n'la d'vons qu'à vous.
Ben obligé j'arni queu gloire,
Mais c'est à moi de m'mettr' à g'noux.

CORINNE *à Mirtil.*

Oui, levez-vous,

LU-

LUBIN.

Ben obligé, jarni queu gloire,
Faut convenir que c'est bien doux.

SCENE XII.

Mde SIMON, PILLART, MIRTIL, LUBIN.

AIR. *Le fameux Diogene.*

PILLART.

LA posture est honnête,
Va, que rien ne t'arrête,
Achéve,

LUBIN.

Bon c'est fait.

Mde SIMON.

Parlez, Mademoiselle,

LUBIN.

J'allons parler pour elle,
Car c'est moi qui lui plaît.

Mde

Mde SIMON.

AIR. *La bonne aventure.*

Quoi vous feriez à mes droits
Une telle injure.

PILLART.

Ce qu'en cet inſtant je vois
Eſt d'un triſte augure.

LUBIN.

Croyez-nous, Monſieur Pillart,
Cherchez-en quelqu'autre part,
La bonne aventure

PILLART.

Pendart!

LUBIN.

La bonne aventure.

Mde SIMON.

AIR. *Chacun a ſon ton & ſon allure.*

Cela ſe peut-il,
Répondez, Mirtil.

Lu-

LUBIN.

T'nez ne le faites pas repondre,
Car ça n'seviroit qu'à vous confondre,
Il m'a fait l'plaisir de m'aider.

Mde SIMON.

Qui lui?

PILLART.

Qui lui?

LUBIN.

Hé oui lui, il a mordombille la parole ni pus ni moins qu'un charme.

Corinne n'vouloit pas cêder,

Mais Monsieur Mirtil a eu la bonté de ly faire un r'doublement de douceur à l'intention d'mon égard qui a tout de suite s'coué le dédain de sa fierté.

Mde SIMON.

L'ingrat, je fais serment de ne l'épouser de ma vie.

PILLART.

Le traître, que j'avois choisi pour mon confident.

LUBIN.

C'eſt ben plutôt l'nôtre, ne vous déplaiſe.

Puis all' s'eſt miſe à me r'garder,

Oh dame d'un regard; queu regard ! là de ces regards qui ſautent aux yeux comme qui diroit des éclairs, oh ça vous auroit fait plaiſir à voir. Corinne, regardez-moi donc comme tout-à l'heure pour leux montrer.

Mde SIMON.

Levez la tête, ma mignonne & répondez, & vous M. l'obligeant, vous ne dites mot, voilà un fort joli trio, une déſobéiſſante, un trompeur, un impudent.

LUBIN.

Lurelure lure,
Flon, flon, flon,
Chacun a ſon ton
Et ſon allure.

Mde SIMON.

Gigue du Ballet Chinois.

à Lubin. Sors d'ici,
à Mirtil. Et vous auſſi,
Oui dès ce jour
J'éteins mon amour,
Qui dans un point nous trahit
Nous trompe en tout.

PIL-

SCENE XIX.

Les précédens, MIRTIL, Mde SIMON, PILLART, LISETTE.

Mde SIMON *s'avançant d'un air penêtré.*

AIR. *Ah! Madame Anroux.*

NOn, mes pauvres enfans,
Non, mes pauvres enfans,
Vous m'avez percé l'ame
Par des traits si puissans.

CORINNE.

Ah! chêre maman,
Quel arrêt charmant,
Pour ma tendre flamme!
Hélas! cher amant,
Pour ma tendre flamme
Quel heureux moment!

MIRTIL.

Oh Dieux! quel moment!
Quel arrêt charmant,
Pour ma tendre flamme!
Objet trop charmant,
Pour ma tendre flamme
Quel heureux moment!

PILLART.

AIR. *Une nuit ronflant à merveille.*

Mais, mais de ce trait admirable,
Qui diable vous eût crû capable?

Mde SIMON.

Oh je ſuis capable entre nous
De faire plus.

PILLART.

Quoi plus?

Mde SIMON.

Sans doute.

PILLART.

Pourtant cet effort ci vous coûte,
Plus?

Mde SIMON.

Oui plus.

PILLART.

Comment ferez-vous?

Mde SIMON.

C'eſt de vous prendre pour époux.

PILLART.

Grand'merci de la politeſſe,
Vous m'avez gagné de vîteſſe.

SCENE XX.

Les précédens. LUBIN, *un* NOTAIRE.

LUBIN.

Air Noté.

UN bon gaillard joyeux
Vaut bien mieux
Que tous ces p'tits Monſieux,
Qui n'parlent qu'des yeux,
Leurs ſoupirs, leurs langueurs,
Leurs douceurs,
S'uſent, avant d'parvenir au cœur,
Mais preſte
Un vivant leſte,
Paroît, zeſte,
Et ſçait charmer que d'reſte
Un Muguet préparé
Et paré,
N'plaît pas tant qu'un Grivois bien quarré,
Dam' ma maîtreſſe auſſi
M'a choiſi,
All' m'aim' mieux que d'l'argent,
C'eſt bien obligeant,
Car avec de l'or, dit-on, chaque jour,
Bien des gens achetent d'l'amour.

AIR. *De tous les Capuçins du monde.*

Vla Monſieux l'marieux que j'amene,

LE NOTAIRE.

Eſt-on d'accord?

LUBIN.

Qu'à ça ne tienne,
Corinne & moi j'ſommes épris,
J'pouvons bien nous paſſer d'la mere,
Beaucoup de d'moiſell' à Paris
Se paſſent même de Notaîre.

Mde SIMON.

AIR. *L'autre jour avec mon habit de Pierrot.*

Je l'veux bien,

LUBIN.

J'ſçavois bien que j'trouv'rois l'moyen,

Mde SIMON.

Je ne m'oppoſe plus à rien,

PILLART.

Fanchon d'elle ſeule dépend,

LU-

LUBIN.

En vous r'merciant,
Enfin pourtant
Me vla content
Que je danſerons,
Que je rirons,
Par lad'ſſus queu plaiſir j'aurons !

LE NOTAIRE.

AIR. *Non, je ne ferai pas.*

Exprès pour les deux noms j'ai laiſſé double eſpace

Mde SIMON, *montrant Corinne.*

Mettez d'abord le ſien.

LUBIN.

C'eſt pour moi l'autre place.

CORINNE.

Oui, mon ſenſible cœur en préſence de tous
Prend Lubin pour témoin, & Mirtil pour époux.

AIR. *Comm' vla qu'eſt fait.*

LUBIN.

Allons donc, c'eſt qu'vous voulez rire,

LISETTE.

Non, mon ami, c'eſt tout de bon.

LUBIN.

Moi, dam', moi je ne ſçai plus qu'dire,
Monſieur Mirtil, queu trahiſon!
Liſette. . . .

LISETTE.

Hé bien. . . .

LUBIN.

Pourtant j'eſpére:

LISETTE.

Oh! rien n'eſt plus juſte en effet,
Qui court deux liévres, n'en prend guère.

LUBIN.

Pour le coup me vla ſtupéfait,

TOUS.

C'eſt fort bien fait. *bis.*

LUBIN.

Ca s'appelle apporter des verges pour ſe fouëtter; mais morguenne, j'm'envas r'envoyer les Mnétriers, vous danſrais à vos dépens.

PIL-

PILLART.

AIR. *Bouchez, Naïades, vos fontaines.*

Son inconstance est bien punie,
Mes enfans, que la sympathie
A jamais soutienne vos feux.

Tien, ma chére Corinne, pour te prouver combien j't'aimoi;
Que de mes biens il use en maître,

CORINNE.

Rendre ce que l'on aime heureux,
C'est du moins mériter de l'être.

FIN.

AIRS CHOISIS

DU CONFIDENT HEUREUX

OPERA-COMIQUE.

Qu'importe à quel prix je faſſe briller ma

flamme, pourvu qu'une belle m'accorde un

ſouris, ſervir la beauté c'eſt obliger l'A-

mour même. Oh! c'eſt à l'extrême pouſſer

la

la bonté; mais aſſurément rien n'eſt plus

galant de cet empreſſement la cauſe eſt aſ-

ſés biſarre vouloir qu'en ce jour pour un

vieillard je me déclare eſt une façon rare

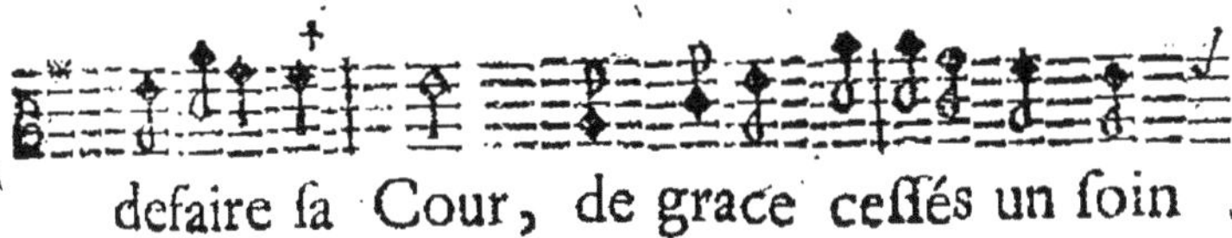

defaire ſa Cour, de grace ceſſés un ſoin

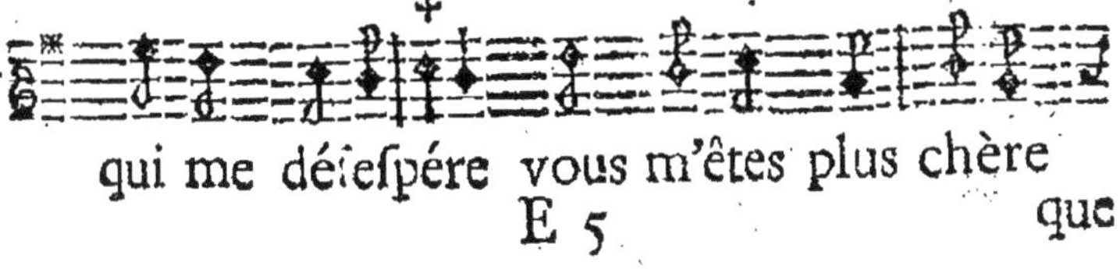

qui me déſeſpére vous m'êtes plus chère

que vous ne pensés expliquer ces mots je

craindrois de vous déplaire c'est sçavoir s

taire fort mal à propos.

A l'Amour tout est pos- si- ble on se

rend quand il lui plait il est doux d'être

sen- si- ble pour un jeune Amant qu'il e

oui je pense qu'a se rendre on rencontr

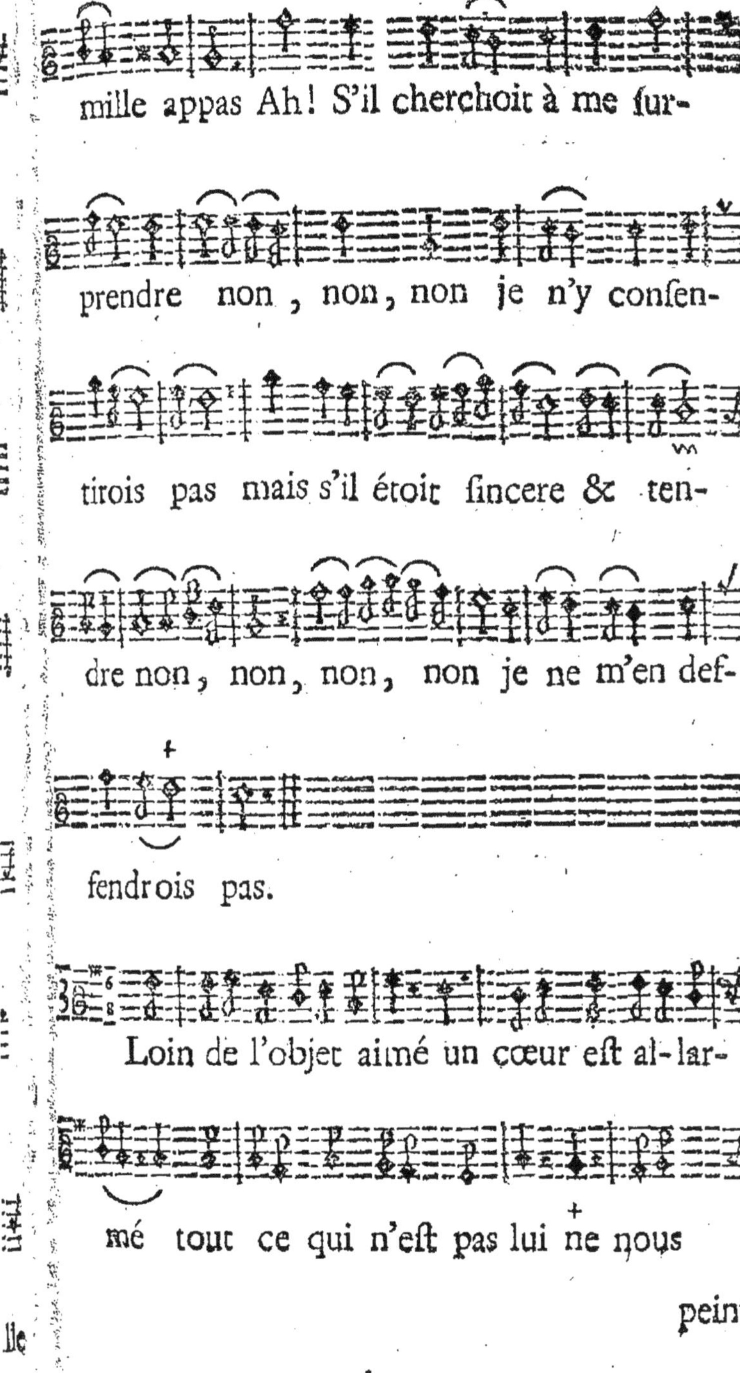
mille appas Ah! S'il cherchoit à me ſur-
prendre non, non, non je n'y conſen-
tirois pas mais s'il étoit ſincere & tendre non, non, non, non je ne m'en def-
fendrois pas.
Loin de l'objet aimé un cœur eſt al-lar-
mé tout ce qui n'eſt pas lui ne nous

peint

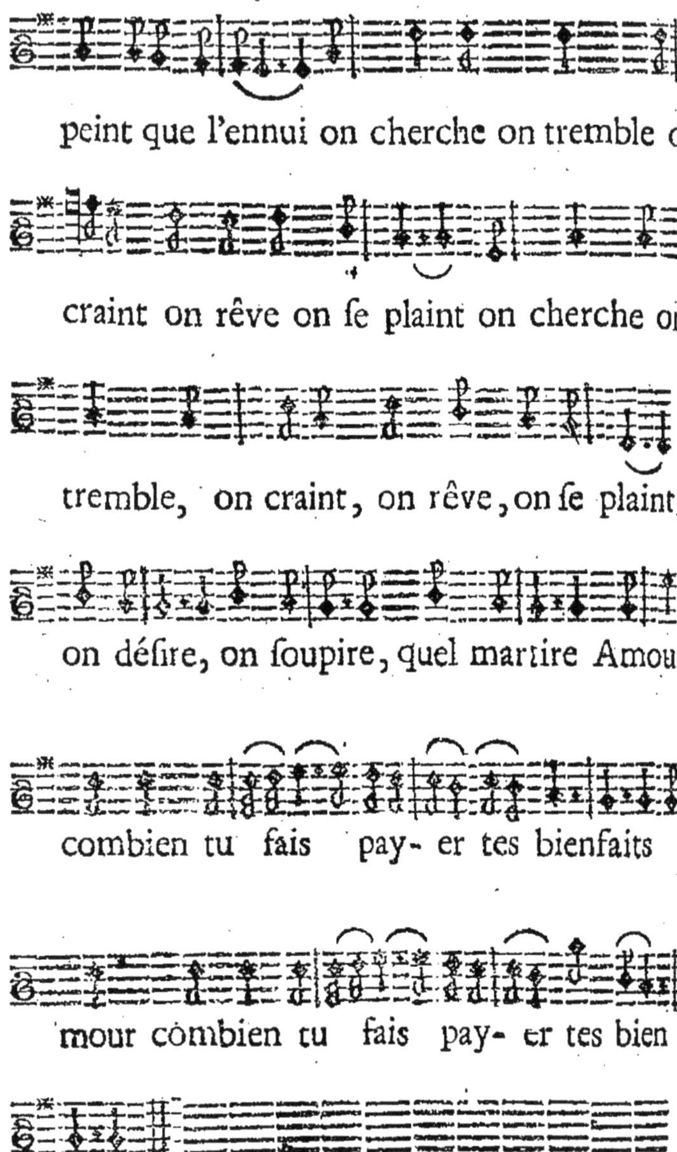
peint que l'ennui on cherche on tremble or
craint on rêve on ſe plaint on cherche on
tremble, on craint, on rêve, on ſe plaint,
on déſire, on ſoupire, quel martire Amour
combien tu fais pay- er tes bienfaits
mour combien tu fais pay- er tes bien

faits.

Un bon Gaillard joyeux vaut bien
mieux qu'tous ces p'tits monſieurs qui n'par-
lont qu'des yeux leur ſoupir, leur douceur
leur langueur ſuze avant que d'parvenir
au cœur. Mais peſte un vivant leſte paroit zeſte & ſçait charmer qu'd'reſte un
muguet preparé & paré n'plait pas tant qu'un

gri-

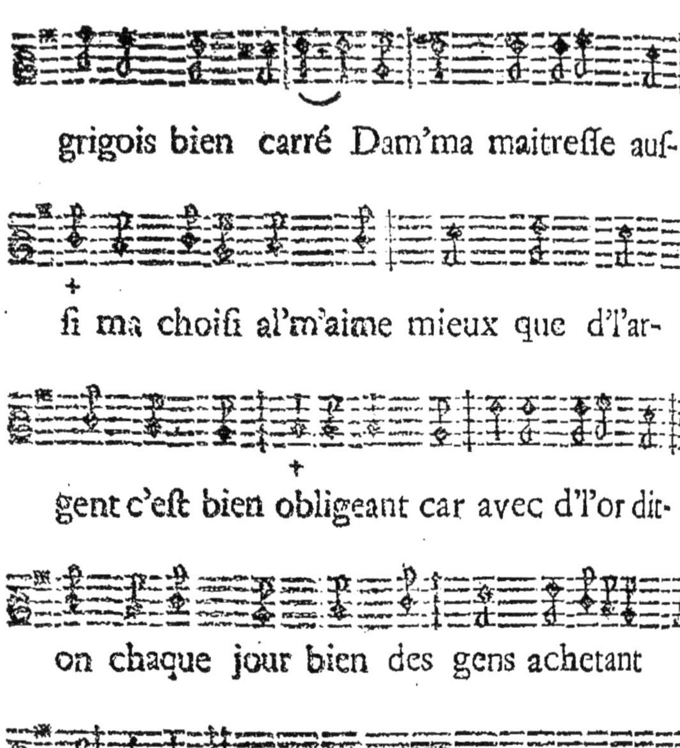
grigois bien carré Dam'ma maitreſſe auſ-
ſi ma choiſi al'm'aime mieux que d'l'argent c'eſt bien obligeant car avec d'l'or dit-
on chaque jour bien des gens achetant

d'l'amour.

www.ingramcontent.com/pod-product-compliance
Ingram Content Group UK Ltd.
Pitfield, Milton Keynes, MK11 3LW, UK
UKHW020346220726
13923UKWH00004B/1573